95
libras
de
ESPERANZA

95
libras
de
ESPERANZA

Anna Gavalda

traducción de Isabel González-Gallarza

LECTORUM
PUBLICATIONS INC

Spanish translation copyright © 2004 by Isabel González Gallarza
Revised edition by Teresa Mlawer
Published by arrangement with Santillana Ediciones Generales, S.L.

Originally published in French under the title
35 KILOS D'ESPOIR © 2002 by Bayard Éditions Jeunesse
Cover art copyright © Amy Young, 2003.
Reproduced by arrangement with Viking Children's Books,
a member of Penguin Group (USA) Inc.

RRD Crawfordsville   10 9 8 7 6 5 4 3 2 1

978-1-933032-67-2 (PB)

Printed in the U.S.A.

Library of Congress Cataloging-in-Publication Data

Gavalda, Anna, 1970–
   [35 kilos d'espoir. Spanish]
   95 libras de esperanza / Anna Gavalda ; traducido por Isabel González-
Gallarza Granizo.
      p. cm.
   Summary: From his first day, school had been torture for Gregory and it got
progressively worse, until he was expelled in eighth grade, but through all his
difficulties, Gregory could count on support from his grandfather, until his
grandfather became ill and needed support from Gregory.
   ISBN 1-930332-64-5 (HC)
   [1. Grandfathers — Fiction.   2. Learning disabilities — Fiction.   3. Self-
realization — Fiction.   4. Schools — Fiction.   5. Spanish language materials.]
I. Title: Noventa y cinco libras de esperanza.   II. González-Gallarza, Isabel.
III. Title.
PZ73.G375 2004
[Fic] — dc22   2003024850

A mi abuelo
y a Marie Tondelier

• • •

1

Odio la escuela. La odio más que a nada en el mundo. Y más todavía…

Me hace la vida insoportable. Hasta la edad de tres años, se puede decir que era feliz. Ya no me acuerdo muy bien pero, en mi opinión, la vida me trataba bien. Jugaba, veía el vídeo de *El osito pardo* diez veces seguidas, dibujaba, y me inventaba miles de aventuras con Grodudú, un perro de peluche que me encantaba. Mi madre me ha contado que me pasaba horas enteras en mi cuarto hablando yo solo como una cotorra. Concluyo pues que era feliz.

En esa etapa de mi vida quería a todo el mundo, y pensaba que todo el mundo me quería. Y entonces, cuando tenía tres años y cinco meses, ¡catapum!, la escuela.

Según parece, aquella mañana salí de casa muy contento. Seguramente mis padres debieron de darme la lata durante todas las vacaciones, diciéndome: «Qué suerte tienes, mi vida, vas a ir a la escuela…», «¡Mira qué maleta nueva tan bonita! ¡Es para el colegio tan bonito al que vas a ir!». Y patatín y patatán…

Según dicen, no lloré. (Soy un chico curioso, y creo que tenía ganas de ver qué juguetes y qué cajas de Lego tenían en el colegio…) Según dicen, volví encantado a la hora del almuerzo, comí bien, y me metí en mi cuarto a contarle a Grodudú la mañana tan maravillosa que había pasado.

Pues si lo hubiera sabido, habría saboreado esos últimos minutos de felicidad, porque justo después, mi vida entera se fue al traste.

—Es hora de volver —dijo mi madre.

—¿Adónde?

—Pues… ¡a la escuela!

—No.

—¿Cómo que no?

—Ya no voy más.

—Vaya… ¿y por qué no?

—Porque ya está, ya he visto cómo es, y no me interesa. Tengo un montón de cosas que hacer en mi cuarto. Le he dicho a Grodudú que le voy a fabricar una máquina especial para ayudarle a encontrar todos los huesos que ha enterrado debajo de mi cama, así que no tengo tiempo de ir a la escuela.

Mi madre se arrodilló a mi lado, y yo negué con la cabeza. Insistió, y yo me eché a llorar. Me levantó del suelo, y yo me puse a gritar. Y entonces me dio una bofetada.

Era la primera vez en mi vida que me pegaba una bofetada.

Ahí está.

Eso era la escuela.

El inicio de una pesadilla.

Habré oído a mis padres contar esta historia miles de veces. A sus amigos, a las maestras, a los profesores, a los psicólogos, a los logopedas y a la consejera de orientación escolar. Y cada vez que la oigo, recuerdo que al final nunca le fabriqué a Grodudú el detector de huesos.

•

Ahora tengo trece años y estoy en sexto. Sí, ya lo sé, hay algo que no cuadra. Se lo explico enseguida, no hace falta que se pongan a contar con los dedos. He repetido dos cursos: tercero y sexto.

Como se podrán imaginar, en mi casa esto de la escuela se vive como un drama. Mi madre llora y mi padre me echa la bronca, o si no es al revés, la que me echa la bronca es mi madre y mi padre se queda callado. A mí no me hace gracia verlos así, ¿pero qué puedo hacer? ¿Qué puedo decirles en esos casos? Nada. No puedo decirles nada porque si abro la boca, lo empeoro todo más. Ellos no paran de repetirme siempre lo mismo como un par de loros:

«¡Estudia!»

«¡Estudia!» «¡Estudia!» «¡Estudia!»

«¡Estudia!»

Bueno, ya me he enterado. Al fin y al cabo, tampoco soy un completo inútil. Yo claro que querría estudiar; pero el problema es que no lo consigo. Todo lo que hacemos en el colegio, para mí es como si fuera chino. Me entra por un oído y me sale por el otro. Me han llevado a miles de médicos para que me miraran los ojos, los oídos, e incluso el cerebro. Y la conclusión a la que han llegado después de perder un montón de tiempo, es que tengo un problema de concentración. ¡Venga ya! Yo sé perfectamente lo que me pasa, no tienen más que preguntármelo. No tengo ningún problema. En absoluto. Lo único que pasa es que no me interesa la escuela. No me interesa, y punto.

•

En la escuela, sólo fui feliz un año, cuando estaba en kinder, con una maestra que se llamaba Marie. Nunca la olvidaré.

Cuando lo pienso, me digo que Marie se hizo maestra sólo para poder seguir haciendo lo que le gustaba en la vida, es decir, las manualidades, crear y construir cosas. Marie me gustó enseguida. Desde la mañana del primer día. Llevaba una ropa que se había cosido ella misma, suéteres que se había tejido, y joyería que había hecho ella. No había día que no lleváramos algo a casa: un erizo de papier mâché, un gato hecho con una botella de leche, un ratón en una cáscara de nuez, móviles, dibujos, acuarelas, *collages*... Marie no esperaba a que fuera el Día de las Madres para pedirnos que nos pusiéramos manos a la obra. Decía que un día logrado era un día en el que se había creado algo. Cuando lo pienso, me digo que ese año de felicidad es también la causa de todos mis males, porque fue entonces cuando comprendí algo muy sencillo: nada en el mundo me interesaba más que mis manos y lo que podía crear con ellas.

También sé lo que le debo a Marie. Le debo haber logrado que mi primer curso escolar fuese más o menos aceptable, porque ella entendió muy bien con quién estaba tratando. Sabía que, en cuanto se trataba de escribir mi nombre, me entraban ganas de llorar, que nunca recordaba nada, y que para mí era un martirio tener que recitar una poesía. Al final del curso, el último día de clase, fui a despedirme de ella. Tenía un nudo en la garganta y me costaba hablar. Le di un regalo, una caja para guardar los lápices, con un cajoncito para clips, otro para chinchetas, un espacio para la goma y todo eso. Había pasado muchas horas haciéndola y decorándola. Me di cuenta enseguida de que le hizo ilusión y se emocionó tanto como yo.

—Yo también tengo un regalo para ti, Gregorio —me dijo.

Era un libro muy gordo.

—El año que viene pasas a la clase de la señora Daret, y tendrás que aplicarte mucho… ¿Sabes por qué?

Yo dije que no con la cabeza.

—Para que puedas leer todo lo que pone en este libro.

Cuando llegué a casa le pedí a mi mamá que me leyera el título. Se puso el libro en las rodillas y dijo:

—*1000 actividades para pequeñas manitas*. ¡Huy, madre, la que vas a armar tú con este libro!

Odié a la señora Daret. Odié su voz, sus gestos y el hecho de que tenía alumnos favoritos. Pero aprendí a leer porque quería construir un hipopótamo con una caja de huevos que aparecía en la página 124.

En mis notas de fin de curso de kinder, Marie había escrito:

«Este niño tiene la cabeza como un colador, unos dedos mágicos y un corazón de oro. Sin duda se podrá obtener algo bueno de él».

Fue la primera y última vez en mi vida que recibí un cumplido de un miembro del sistema educativo.

2

De todas maneras, conozco a un montón de gente que no le gusta la escuela. A ustedes, por ejemplo, si les pregunto: «¿Les gusta la escuela?», van a negar con la cabeza y me van a contestar que no, está claro. Sólo los súper estudiosos dicen que sí, o los que son tan listos que les divierte poner a prueba su capacidad intelectual todos los días. Pero si no...

¿A quién le gusta de verdad la escuela? A nadie. ¿Y quién la odia de verdad? Pues tampoco mucha gente. Bueno, sí. Están los que son como yo, a esos se les llama «casos perdidos», y siempre les duele el estómago.

•

Abro los ojos por lo menos una hora antes de que suene el despertador, y durante una hora, siento cómo mi dolor de estómago aumenta y aumenta… Cuando bajo de la litera tengo tantas náuseas que parece que estoy en un barco en alta mar. El desayuno es un suplicio. En realidad soy incapaz de tragar nada, pero como siempre tengo encima a mi madre, me esfuerzo por comer algunas galletas. En el autobús, mi estómago se transforma en una bola muy dura. Si me encuentro con algún amigo y hablamos de *Zelda,* por ejemplo, entonces me siento algo mejor, la bola se reduce. Pero si estoy solo, me ahoga. Pero lo peor de lo peor ocurre cuando llego a la entrada del colegio. Es el olor de la escuela lo que me enferma. Pasan los años y cambian los lugares, pero el olor sigue siendo el mismo. Es una mezcla de olor a tiza y a viejas zapatillas de deporte, que se me atraviesa en la garganta y me da náuseas.

La bola empieza a deshacerse hacia las cuatro, y desaparece por completo cuando llego a casa y abro la puerta de mi cuarto. Luego vuelve a formarse cuando llegan a casa mis padres y me preguntan qué tal he pasado el día, y buscan en mi mochila para mirar mi libreta de deberes. Pero ya no es una bola tan grande porque me he acostumbrado a estas escenas.

Bueno, no, eso no es del todo verdad... No me acostumbro para nada. Las peleas se suceden, y no consigo acostumbrarme. Como mis padres ya no se quieren tanto que digamos, necesitan pelear todas las noches; y como no saben por dónde empezar, me utilizan a mí y a mis notas desastrosas como pretexto. Siempre es culpa de uno o de otro. Mi madre le reprocha a mi padre que nunca ha sacado tiempo para ocuparse de mí, y mi padre le contesta que la culpa es suya, que me ha mimado demasiado.

Estoy harto.

Estoy tan harto, que no se lo pueden imaginar.

En esos casos, me tapo los oídos por dentro, y me concentro en lo que estoy construyendo en ese momento: una nave espacial para *Anakin Skywalker* con mis Legos, o un aparato para apretar los tubos de pasta de dientes, o una pirámide gigante con cajas de cartón.

Luego está el calvario de los deberes. Si la que me ayuda es mi madre, siempre acaba llorando. Si el que me ayuda es mi padre, el que acaba llorando soy yo.

Cuando les cuento esto no quiero que piensen que mis padres son unos ogros, o que se ensañan conmigo, no, no, son geniales, bueno, tanto como geniales... Son normales, vamos. Lo que lo estropea todo es la escuela. De hecho, esa es la razón por la que el año pasado sólo apunté la mitad de los deberes en mi libreta. Lo hice para evitar todas esas peleas y esas tardes tan horribles. Fue de verdad la única razón, pero no me atreví a explicárselo a la directora de la escuela el día que me encontré en su oficina llorando. Mira que soy tonto.

De todas formas, hice bien en callarme. ¿Qué habría entendido la muy tonta? Nada, puesto que el mes siguiente me expulsó del colegio.

Me expulsó por culpa de la clase de gimnasia.

Tengo que decir que odio la gimnasia casi tanto como el colegio. No del todo, pero casi. ¡Está claro que si me vieran, entenderían enseguida por qué el judo y yo no estamos hechos el uno para el otro! No soy ni muy alto, ni muy grande, ni muy fuerte. Yo diría incluso que no soy ni alto, ni grande, y que soy un flojucho.

A veces me pongo las manos en la cintura y me miro en el espejo sacando pecho. Es impresionante, parezco un gusano fisioculturista, o a Popeye antes de que se coma las espinacas.

Pero bueno, no puedo permitir que todo en esta vida sea una tragedia. Algunas cosas las tengo que tomar con calma, porque si no me volvería loco. Así que el año pasado lo que decidí dejar fueron las clases de Educación física. Ya sólo con escribir esto se me escapa una sonrisa... Porque las carcajadas más maravillosas de mi vida se las debo a la señora Berluron y a su clase de Educación física.

Todo empezó así:

—Dubosc, Gregorio —dijo la profesora, echándole un vistazo a la lista.

—Sí.

Sabía que me iba a salir mal el ejercicio y que iba a hacer el ridículo. Me preguntaba cuándo terminaría todo.

Di un paso adelante, y los demás empezaron a reírse.

Pero por una vez no se burlaban de mi torpeza, sino de la ropa que llevaba. Se me había olvidado el pantalón deportivo y, como ya era la tercera vez en ese trimestre, se lo pedí prestado al hermano de Benjamín para que no me castigaran. (¡En un año me habían castigado más veces que a ustedes en toda su vida!) Lo que yo no sabía era que el hermano de Benjamín era un clon del Gigante Verde y que medía seis pies.

Y ahí estaba yo, con un pantalón deportivo de la talla XXL y unas zapatillas N° 10. No hace falta que les diga que mi numerito tuvo mucho éxito.

—¿Pero se puede saber qué llevas puesto? —dijo furiosa la Berluron.

Yo me hice el tonto y le contesté:

—Pues no lo entiendo, profesora, la semana pasada me estaba bien… No lo entiendo.

Parecía exasperada:

—Me va usted a hacer una doble voltereta hacia delante, con los pies juntos.

Hice una primera voltereta desastrosa y se me cayó una zapatilla. Oí que los demás se reían, así que hice otra más y me las apañé para mandar por los aires la otra zapatilla.

Cuando me levanté se me veían los calzoncillos porque se me habían bajado los pantalones. La señora Berluron estaba muy roja y los de mi clase, muertos de risa. Al oír todas esas risas sentí como un calor dentro de mí, porque por primera vez, no eran risas burlonas. Eran risas como en el circo, y desde ese día, decidí ser el payaso de la clase de gimnasia. El bufón de la señora Berluron. Oír que la gente se ríe gracias a ti hace mucha ilusión, y luego ya es como una droga: cuanto más se ríen, más ganas tienes de hacerles reír.

La señora Berluron me castigó tantas veces que ya no le quedaba espacio en su libreta de apuntes. Al final me expulsaron, pero no me arrepiento de nada. Gracias a ella, me sentí un poquito feliz en el colegio, un poquito útil.

Hay que decir que desde ese día ya nada volvió a ser igual. Antes, nadie me quería en su equipo porque yo era verdaderamente patético. Después se peleaban por tenerme porque con mis tonterías desconcertaba a los adversarios. Me acuerdo de un día que me pusieron de portero... Qué risa... Cuando se acercaba el balón, yo me ponía a trepar por la red de la portería como un mono aterrorizado, gritando de miedo, y cuando tenía que volver a poner la pelota en juego, siempre me las apañaba para mandar el balón hacia atrás y marcar un gol en propia meta.

Una vez incluso me tiré hacia delante para atrapar el balón. Por supuesto, ni lo rocé siquiera, pero cuando me levanté del suelo, masticaba un manojo de hierba, como una vaca, diciendo «muuuuuu». Ese día, Karine Lelièvre se hizo pis de la risa y a mí me castigaron dos horas. Pero valió la pena.

Me expulsaron por culpa del potro con arcos. Y de hecho, lo peor de todo es que, por una vez, no estaba haciendo el ganso. Teníamos que saltar sobre ese chisme enorme relleno de gomaespuma, agarrándonos a los arcos, y cuando me tocó a mí, salté mal y me hice daño en... bueno, ya me entienden... Claro, los demás se creyeron que decía «ayayayayay» a propósito para hacerles reír, y la Berluron me llevó directamente al despacho de la directora. Me dolía mucho, pero no lloré.

No quería darles ese gusto.

Mis padres tampoco me creyeron, y cuando se enteraron de que me habían expulsado definitivamente, me cayó una buena bronca. Por una vez, gritaban los dos al unísono y se dieron gusto.

Cuando por fin me dejaron ir a mi habitación, cerré la puerta y me senté en el suelo. Me dije a mí mismo: «Una de dos, o te metes en la cama y lloras, y tendrías motivos de sobra porque tu vida no vale nada, y tú tampoco vales nada, y te podrías morir ahora mismo y no pasaría nada, o te levantas del suelo y construyes algo». Aquel día construí un animal monstruoso con un montón de chatarra que recogí de unas obras, y lo bauticé el «Berlurón-Barrigón».

Bueno, reconozco que no era un nombre muy ingenioso, pero me animó un poco, y gracias al monstruo no empapé la almohada con mis lágrimas.

3

El único que me consolaba era mi abuelo. Lo cual no tiene nada de extraño porque el Abuelo León siempre me ha consolado, desde que tuve edad suficiente para entrar en su taller.

El taller de mi abuelo era mi vida. Era mi refugio y mi paraíso. Cuando mi abuela se ponía un poco pesada, el abuelo se volvía hacía mí y me decía bajito:

—Gregorio, ¿te apetece un paseo por Leonlandia?

Y nos escabullíamos, mientras mi abuela replicaba con sarcasmo:

—¡Anda! ¡Llénale la cabeza con tonterías al chico!

Él se encogía de hombros y le respondía:

—Vamos, Charlotte, por favor te lo pido. Gregorio y yo nos vamos porque necesitamos tranquilidad para pensar.

—¿Y para pensar sobre qué, si se puede saber?

—Yo sobre mi pasado, y Gregorio sobre su futuro.

Mi abuela le daba entonces la espalda, añadiendo que prefería estar sorda antes que tener que escuchar tonterías. A lo que mi abuelo siempre respondía:

—Pero amor mío, si ya estás sorda.

•

El Abuelo León es tan habilidoso como yo, sólo que él, además, es inteligente. En clase era siempre el primero en todo, y un día me confesó que nunca había estudiado en domingo («¿Por qué no? —¡Pues porque no me daba la gana!»). ¡Era el primero de la clase en matemáticas, en lenguaje, en latín, en inglés, en historia, en todo! A los dieciséis años lo admitieron en la *Polytechnique*, que es la escuela de ingeniería más difícil de toda Francia. Y más adelante, construyó cosas gigantescas: puentes, carreteras, túneles, presas, etc. Cuando le preguntaba qué hacía exactamente, encendía un cigarrillo y se ponía a pensar en voz alta:

—No lo sé. Nunca he sabido definir mi trabajo. Digamos que me pedían que repasara planos y les diera mi opinión: ¿se iba a ir al traste el chisme en cuestión, sí o no?

—¿Y ya está, eso es todo?

—Eso es todo, eso es todo... ¡Ni que fuera poco, chico! Si dices que no, y aún así la presa se derrumba, ¡quedas como un verdadero idiota, créeme!

El taller de mi abuelo es el lugar donde más feliz soy. Y sin embargo, tampoco es que sea gran cosa: un cobertizo, hecho de tablas de madera, con tejado de chapa, en un rincón del patio donde hace demasiado frío en invierno, y demasiado calor en verano. Intento ir lo más a menudo posible. Para construir cosas, para que mi abuelo me preste herramientas o pedazos de madera, para verle trabajar (en este momento está fabricando un mueble a medida para un restaurante), para pedirle consejo, o porque sí, porque me apetece. Por el placer de venir a sentarme en un lugar que está en sintonía conmigo.

Antes les he hablado del olor de la escuela que me daba ganas de vomitar; pues bien, aquí me pasa al revés, cuando entro en este cuartito lleno de trastos, abro la nariz de par en par para respirar el olor de la felicidad. El olor de la grasa de motor, del radiador eléctrico, del soldador, de la cola, del tabaco y de todo lo demás. Es delicioso. Me he prometido a mí mismo que un día conseguiré destilar ese olor, y crearé un perfume que se llamará «Agua de Taller». Así podré olerlo cuando me sienta apesadumbrado.

•

Cuando el abuelo se enteró de que iba a repetir tercero, me sentó sobre sus rodillas y me contó la fábula de la liebre y la tortuga. Recuerdo muy bien cómo me acurrucaba contra él, y la dulzura de su voz:

—Mira, hijo, nadie quería apostar ni un centavo por esa dichosa tortuga, porque era demasiado lenta... Y sin embargo, la que ganó fue ella... ¿Y sabes por qué ganó? Ganó porque era una tortuga trabajadora y valiente. Y tú también eres trabajador, Gregorio... Lo sé porque te he visto manos a la obra. Te he visto trabajar horas y horas, helado de frío, lijando un trozo de madera o pintando tus maquetas. Para mí, tú eres como esa tortuga.

—¡Pero en el colegio nunca nos mandan a lijar nada! —le contesté llorando—. ¡Sólo nos mandan a hacer cosas imposibles!

Pero cuando se enteró de que repetía sexto, ya no fue la misma historia.

Llegué a su casa como de costumbre, y cuando lo saludé, no me contestó. Comimos en silencio y, después del café, no se decidía a salir.

—¿Abuelo León?

—¿Qué?

—¿Vamos al taller?

—No.

—¿Por qué no?

—Porque tu madre me ha contado la mala noticia…

—…

—¡No te entiendo! Odias el colegio, y haces todo lo posible por quedarte allí cuanto más tiempo, mejor.

Yo permanecía en silencio.

—¡Pero bueno, tampoco eres tan tonto como dicen!… ¿O sí lo eres?

Me hablaba con dureza.

—Sí.

—¡Ah, eso sí que me saca de quicio! ¡Claro, siempre es más fácil decirse a uno mismo que se es un desastre, y no hacer nada! ¡Claro! ¡Es una fatalidad! ¡Es tan fácil pensar que no hay nada que hacer! ¿Y ahora qué? ¿Cuáles son tus proyectos ahora?

¡Piensas repetir séptimo, y octavo, y con un poco de suerte, terminarás el colegio a los treinta años!

Yo toqueteaba la esquina de un cojín sin atreverme a levantar la vista.

—No, de verdad no te entiendo. En cualquier caso, no cuentes ya más con el viejo León. ¡A mí me gusta la gente que se toma la vida en serio! ¡No me gustan los holgazanes que quieren que se les compadezca, y que luego se buscan una expulsión por indisciplina! ¡No tiene sentido! Primero te expulsan, y luego repites curso. ¡Bravo! ¡Muy bonito! Te felicito. Cuando pienso que yo siempre te he defendido. ¡Siempre! ¡Les decía a tus padres que confiaran en ti, te justificaba, te animaba! Te voy a decir una cosa, amigo mío: es más fácil ser desgraciado que ser feliz, ¿y sabes lo que te digo? A mí no me gusta la gente que elige lo fácil, ¡no me gustan los quejosos! ¡Sé feliz, demonios! ¡Haz lo necesario para ser feliz!

De repente, empezó a toser. Mi abuela acudió rápidamente y yo salí de casa.

Fui al taller. Tenía mucho frío. Me senté sobre un viejo barril y me pregunté qué podía yo hacer para tomar las riendas de mi vida.

Quería construirlo *todo*, pero se me presentaba un problema: no tenía ni proyecto, ni modelo, ni planos, ni materiales, ni herramientas, ni nada. Lo único que tenía era un peso enorme en el pecho que no me dejaba llorar. Grabé unas palabras con mi navaja sobre el banco de trabajo de mi abuelo, y me marché a casa sin despedirme.

4

En mi casa, la bronca fue aún más larga, más sonada y más angustiosa que de costumbre. Estábamos a finales de junio y ningún colegio quería admitirme en septiembre. Mis padres discutían y se querían sacar los ojos. Un rollo. Y yo, cada día me encogía un poco más. Me decía a mí mismo que a fuerza de encogerme así, a fuerza de tratar de que se olvidaran de mí, tal vez terminaría por desaparecer del todo, y todos mis problemas se resolverían de golpe.

Me expulsaron el 11 de junio. Al principio, estaba en casa todo el día sin hacer nada. Por la mañana veía el canal cinco o Teletienda (en Teletienda siempre salen unos objetos increíbles) y por la tarde releía revistas viejas o trabajaba en un rompecabezas de 5.000 piezas que me había regalado mi tía Fanny.

Pero enseguida me aburrí. Necesitaba encontrar algo que me mantuviera las manos ocupadas. Entonces inspeccioné toda la casa para ver si no se podían llevar a cabo algunas mejoras. Había oído muchas veces a mi madre quejarse de tener que planchar. Decía que su sueño sería poder hacerlo sentada. Así que me puse manos a la obra para resolver el problema.

Desmonté el pie de la tabla de planchar, que no le permitía a mi madre colocar las piernas por debajo, calculé la altura, y la monté sobre cuatro patas de madera como si se tratara de una mesa normal y corriente. Después, le quité las ruedecitas a un viejo carrito que había encontrado en la calle la semana anterior, y se las acoplé a una silla que ya no utilizábamos. Adapté incluso la bandejita para apoyar la nueva plancha que mi madre acababa de comprar. Me llevó dos días enteros.

Luego me dediqué al motor de la segadora de césped. Lo desmonté por completo, lo limpié, y lo volví a montar pieza a pieza. Arrancó a la primera. Mi padre no me quería creer, pero yo estaba seguro de que no valía la pena que la lleváramos a reparar. El único problema era que el motor estaba sucio.

Aquella noche, durante la cena, el ambiente era más relajado. Para darme las gracias, mi madre me preparó un sándwich de queso derretido, mi plato preferido, y mi padre no encendió la televisión.

Él fue el primero en hablar:

—Ves, lo que me saca de quicio contigo, es que talento no te falta. Entonces, ¿qué podemos hacer por ti, para ayudarte? No te gusta el colegio, es un hecho. Pero es obligatorio hasta los dieciséis años, eso lo sabes, ¿no?

Yo asentí con la cabeza.

—Es un círculo vicioso: cuanto menos estudias, más odias el colegio; cuanto más lo odias, menos estudias… ¿Cómo vas a salir de esta situación?

—Voy a esperar hasta cumplir dieciséis años, y luego me pondré a trabajar.

—¡Debes estar soñando! ¿Y quién te va a contratar?

—Nadie, ya lo sé, pero inventaré y fabricaré cosas. No necesito mucho dinero para vivir.

—¡Oh, no estés tan seguro! Claro, no necesitas ser rico, pero aún así necesitarás más dinero de lo que crees. Tendrás que comprar herramientas, un taller, una camioneta… ¿y qué sé yo qué más? Da igual, dejemos el tema del dinero por ahora, eso no es lo que me preocupa. Hablemos más bien de tus estudios… Gregorio, no pongas esa cara, mírame, por favor. No llegarás a nada en la vida sin un mínimo de conocimientos. Imagínate que inventas un artefacto maravilloso. Tendrás que patentarlo, ¿no es así? Y para ello tendrás que saber redactar correctamente. Y luego, no se presenta un invento así como así, para que te tomen en serio harán falta planos, escalas, valoraciones, si no, en cuanto te descuides, te robarán la idea.

—¿Tú crees?

—No lo creo, estoy seguro.

Todo eso me dejaba perplejo, sentía confusamente que mi padre tenía razón.

—Porque, ¿saben una cosa?, tengo un invento que podría asegurar mi riqueza y la de mis hijos, e incluso la de ustedes.

—¿De qué se trata? —preguntó mi madre sonriendo.

—¿Juran que esta información será un alto secreto?

—Sí —dijeron los dos a coro.

—Júrenlo.

—Lo juro.

—Yo también.

—No, mamá, di «lo juro».

—Lo juro.

—Pues bien… Se trataría de unas botas diseñadas especialmente para la gente que hace senderismo por la montaña. Habría un taloncito amovible. Se pondría en posición normal para subir, y cuando el terreno es llano se podría quitar, y luego para bajar se volvería a poner, pero no en el mismo lugar que antes sino delante, debajo de los dedos, y así el caminante mantendría siempre el equilibrio.

Mis padres asintieron con la cabeza.

—Pues no es ninguna tontería, esta idea suya —dijo mi madre.

—Tendrías que ponerte en contacto con una tienda deportiva.

Me gustaba ver que se interesaban por mí. Pero el encanto se rompió cuando mi padre añadió:

—Y para comercializar tu invento maravilloso, tendrías que ser bueno en matemáticas, en informática, en economía… ¿Lo ves?, volvemos a lo que te decía antes.

34

●

Seguí ocupando así mi tiempo hasta finales de junio. Ayudé a nuestros nuevos vecinos a despejar su jardín. Arranqué tantas malas hierbas que se me hincharon los dedos y se me pusieron verdes. Mis manos parecían las de El increíble Hulk.

Nuestro vecinos se apellidaban Martineau. Tenían un hijo, Charles, que me sacaba justo un año. Pero no me llevaba bien con él. No se despegaba de su consola o de la televisión y, cada vez que me dirigía la palabra era para preguntarme a qué curso pasaba en septiembre. Me sacaba un poco de quicio, al final.

Mi madre seguía llamando por teléfono para encontrar el colegio que tendría la grandísima, la inmensa bondad de dignarse a admitirme en septiembre. Todas las mañanas teníamos el buzón lleno de toneladas de folletos. Bonitas fotos sobre papel brillante que alababan los méritos de tal colegio o de tal otro.

Era patético y todo mentira. Yo los hojeaba negando con la cabeza. Sobre todo me preguntaba cómo habían conseguido que los alumnos salieran sonriendo en las fotos. O les habían pagado, o les habían anunciando que su profesora de lengua se acababa de caer por un barranco. Sólo había un colegio que me gustaba, pero estaba lejos, en la región de Valence. En las fotos, los alumnos no salían sentados detrás de un pupitre, sonriendo como tontos. Salían en un invernadero, transplantando macetas, o junto a un banco de trabajo, cortando tablas de madera, y no sonreían, se les veía concentrados. No tenía mala pinta, pero era un instituto técnico. De golpe y porrazo me volvió el dolor de estómago.

•

El señor Martineau me hizo la propuesta siguiente: ayudarlo a despegar el viejo papel de la pared a cambio de un salario. Acepté. Fuimos a alquilar dos máquinas despegadoras de vapor. Su mujer y Charles se habían ido de vacaciones y mis padres trabajaban. Podríamos trabajar en paz.

Hicimos un buen trabajo; ¡pero qué cansancio! Sobre todo porque hacía un calor tremendo. Pasarte las horas envuelto en vapor cuando hace 90 grados a la sombra... ¡Es como estar metido en una verdadera sauna! Probé la cerveza por primera vez en mi vida y no me gustó nada.

El Abuelo León vino a echarnos una mano. El señor Martineau estaba encantado. Decía: «Nosotros somos obreros, pero usted, señor Dubosc, es un maestro...». Y en efecto, así era: mi abuelo metía las narices en todos los problemas delicados de fontanería y de electricidad, mientras nosotros sudábamos la gota gorda soltando palabrotas.

El señor Martineau solía decir: «cornu cornu cornus cornui cornu cornu». (Es latín.)

•

Al final mis padres me matricularon en un colegio público que está justo al lado de casa. Al principio no me querían mandar allí porque tiene mala fama. Al parecer, el nivel es bajísimo y atracan a los alumnos a la salida de clase, pero como era el único en el que me admitían, no tuvieron más remedio. Llevaron mis notas escolares y me tuve que tomar unas fotos. Salí con una cara que daba miedo verme. Me dije a mí mismo que el colegio iba a estar orgulloso de su nueva adquisición: un chico de trece años, que aún estaba en sexto, que tenía las manos de Hulk y la cara de Frankenstein... ¡Un negocio redondo!

•

El mes de julio se pasó volando. Aprendí a colocar papel de pared. Aprendí a aplicar la cola fuerte sobre los rollos de papel (¡aprendí lo que es la «cola fuerte»!). Aprendí a extenderlos como es debido, a manejar el rodillo para aplastar bien los bordes, y a encolar para evitar las burbujas de aire. Aprendí montones de cosas. Hoy puedo decir que soy un experto en el papel de rayas. Ayudé a mi abuelo a desenredar cables y a hacer pruebas:

—¿Funciona?

—No.

—¿Y ahora?

—No.

—¡Caray! ¿Y ahora?

—Sí.

Preparé bocadillos de un pie de largo, barnicé puertas, cambié fusibles y escuché programas de comedia en la radio durante un mes. Un mes de felicidad.

Un mes que no tendría que haberse acabado nunca, y en septiembre hubiese podido empezar otras obras a las órdenes de otro jefe... En eso pensaba mientras me comía el bocadillo de salchichón: tres años más que aguantar, y luego adiós, muy buenas, yo me largo.

Tres años es mucho tiempo.

•

Había otra cosa que me preocupaba, y era la salud de mi abuelo. Cada vez tosía más, los ataques de tos eran más largos, y se tenía que sentar a descansar cada dos por tres. Mi abuela me había hecho prometer que no le dejaría fumar, pero no había manera. Él me contestaba:

—Déjame este placer, Toto. Después ya estaré muerto.

Ese tipo de respuesta me sacaba de quicio.

—No, Toto, ¡es este placer lo que te va a matar!

Él se reía:

—Oye, Toto, ¿desde cuándo te crees que me puedes llamar Toto?

Cuando me sonreía así, recordaba que era la persona a quien yo más quería en el mundo y que no tenía derecho a morir. Jamás.

El último día, el señor Martineau nos invitó a mi abuelo y a mí a un restaurante buenísimo, y después del café se fumaron dos puros súper gordos. No me atrevía a pensar en lo triste que se habría puesto mi abuela si lo hubiera visto.

En el momento de despedirnos, mi vecino me tendió un sobre:

—Toma, te lo has ganado.

No lo abrí inmediatamente, sino al volver a casa, sentado en mi cama. Dentro del sobre había cuatro billetes. Nunca en mi vida había tenido, ni había visto siquiera, tanto dinero junto. No quería decírselo a mis padres, porque me iban a dar toda un plática sobre los beneficios del ahorro. Escondí los billetes en un lugar donde a nadie se le hubiera ocurrido buscar, y empecé a darle vueltas y vueltas al coco...

¿En qué me podía gastar todo ese dinero? ¿En motores para mis maquetas? (Son tan caros que te mueres). ¿En revistas? ¿En el juego de computadora «Cien construcciones extraordinarias»? ¿En una cazadora Timberland? ¿En una sierra alternativa pendular Bosch?

Esos cuatro billetes hacían que me diera vueltas la cabeza, y cuando cerramos la casa el 31 de julio por la noche para irnos de vacaciones, pasé más de una hora buscando un buen lugar donde esconderlos. Estaba como mi madre, que iba de un lado a otro de la casa, sin saber dónde meter los candelabros de plata de su tía abuela. Me parece que los dos éramos un poco ridículos. Los ladrones siempre son más listos que nosotros.

5

No tengo nada extraordinario que contarles de ese mes de agosto, sólo que me pareció muy largo y muy aburrido. Como todos los años, mis padres habían alquilado un apartamento en Bretaña y, como todos los años, tuve que rellenar páginas y páginas del cuaderno de vacaciones. *Pasaporte para Sexto*, el Regreso.

Me pasaba horas mordisqueando la punta del bolígrafo, mirando las gaviotas. Soñaba que me transformaba en una de ellas. Soñaba que volaba hasta el faro rojo y blanco, en el horizonte. Soñaba que me hacía amigo de una golondrina y que en septiembre, el día 4 por ejemplo —¡qué casualidad, justo el primer día de clase!—, nos marchábamos juntos hacia los países cálidos. Soñaba que cruzaba los océanos, soñaba que íbamos…

Y sacudía la cabeza para volver a la realidad.

Releía el problema de matemáticas, una tontería sobre unos sacos de cemento que había que apilar, y me ponía otra vez a soñar despierto: una gaviota venía a dejar un recuerdito sobre el enunciado del problema… ¡Chas! Una enorme mancha blanca que echaría a perder toda la página.

Soñaba con todo lo que podría yo hacer con siete sacos de cemento…

Vamos, que soñaba despierto.

Mis padres no me vigilaban muy de cerca. Eran también sus vacaciones, y no tenían ganas de coger una insolación tratando de descifrar mis garabatos. Lo único que exigían de mí era que me quedara en el cuarto todas las mañanas, sentado en un escritorio.

No tenía ningún sentido. Llenaba las páginas de ese dichoso cuaderno con dibujos, esquemas y planos descabellados. No me aburría, es sólo que mi vida me traía sin cuidado. Me decía a mí mismo: ¿Qué más dará estar aquí o en otra parte? Me decía también: ¿Qué más dará estar o no estar? (Como habrán podido ver, yo en matemáticas soy un caso perdido, ¡pero en filosofía no me defiendo nada mal!).

Por las tardes bajaba a la playa con mi madre o con mi padre, pero nunca con los dos a la vez. Eso también formaba parte de su plan de vacaciones: no tener que soportarse todo el día. Entre mis padres estaba pasando algo que no tenía muy buena pinta que digamos. A menudo sus palabras tenían doble significado, reflexiones o comentarios mordaces que nos sumergían a todos en un profundo silencio. Éramos una familia que estaba siempre de mal humor. Yo soñaba con estar de broma, contando chistes cuando desayunábamos, como en los anuncios de cereales que salen por la televisión, pero no me hacía ilusiones.

Cuando llegó el momento de hacer las maletas y ordenar la casa, fue como si la tensión se relajara de golpe. Era patético. Gastarse tanto dinero y marcharse tan lejos, y total, para que luego tuviéramos ganas de volver a casa.

6

Mi madre recuperó sus candelabros y yo mi dinero. (Ahora ya se lo puedo decir, ¡había enrollado los billetes y los había metido en la cerbatana de mi viejo *Action Man*!).

Las hojas de los árboles se tornaron amarillas, y a mí me volvió el dolor de estómago.

Empecé pues el curso en el nuevo colegio.

No era el mayor de mi clase, y menos aún el más tonto. No estaba agobiado. Me quedaba siempre al fondo de la clase y evitaba cruzarme en el camino de los bravucones del colegio. Deseché la idea de comprarme una cazadora *Timberland* porque algo me decía que, en un sitio así, no me habría durado mucho tiempo.

El colegio ya no me enfermaba, sencillamente porque ya no tenía la impresión de ir al colegio. Me daba la impresión de ir como a una especie de zoo-guardería, donde se dejaban a dos mil adolescentes desde la mañana hasta la tarde. Vegetaba permanentemente. Estaba asombrado con la manera en que algunos alumnos se dirigían a los profesores. Intentaba pasar desapercibido. Contaba los días.

A mediados de octubre, mi madre estalló de golpe. No soportaba el hecho de que mi profesora de francés brillara por su ausencia. No aguantaba mi vocabulario, decía que cada día que pasaba me iba volviendo más tonto. Más animal. No entendía por qué no traía nunca notas a casa y, un día, se puso histérica cuando vino a buscarme y vio a chicos de mi edad fumando a la entrada de la galería comercial.

De modo que, gran cataclismo en casa. Gritos, lágrimas y mocos para parar un tren.

Y, como conclusión, interno a un colegio.

Tras una velada agitada, mis padres decidieron de mutuo acuerdo mandarme a un colegio interno.

Aquella noche apreté los dientes para no llorar.

Al día siguiente era miércoles. Fui a casa de mis abuelos. Mi abuela había preparado papas fritas, que me encantan, y mi abuelo no se atrevía a hablarme. El ambiente era de lo más sombrío.

Después del café fuimos a su taller. Se puso un cigarro en los labios, sin encenderlo.

—Dejo el tabaco —me confesó—. No lo hago por mí, como te puedes imaginar, sino para callarle la boca a mi mujer.

Yo sonreí.

Luego me pidió que le ayudara a colocar unas bisagras; y cuando, por fin, empecé a tener la cabeza ocupada, empezó hablarme con dulzura:

—¿Gregorio?

—Dime.

—¿Es verdad lo que me han dicho, que vas a ir a un colegio interno?

—...

—¿No te gusta?

—...

Opté por callar. No quería echarme a llorar como un crío de tercero.

Agarró la hoja de la puerta que yo sostenía entre mis manos, la dejó sobre la mesa, y me levantó la cabeza para que lo mirara, sujetándome por la barbilla.

—Escúchame, Toto, escúchame bien. Sé más de lo que tú te crees. Sé cuánto odias el colegio, y también sé lo que pasa en tu casa. Bueno, no lo sé, pero me lo imagino. Quiero decir entre tus padres... Algo me dice que no siempre debe de resultar muy divertido.

Yo hice una mueca.

—Gregorio, tienes que confiar en mí, fue mía la idea de que fueras a un colegio interno, yo fui quien se la fue metiendo en la cabeza a tu madre. No me mires así. Pienso que te vendría bien marcharte, cambiar de aires, ver otra cosa. Te ahogas entre tus padres. Eres su único hijo, sólo te tienen a ti, y lo ven todo a través de ti. No se dan cuenta del daño que te hacen al apostar tanto por ti. No, no se dan cuenta. Me parece que el asunto es más serio de lo que parece... Creo que deberían empezar por resolver sus propios problemas antes de agobiarse con tu situación. Yo... Oh, no, Toto, no te pongas así. No, mi vida, no quería entristecerte, yo sólo quería que te... ¡Demonios...! ¡Ya ni siquiera te puedo sentar en mis rodillas! Eres demasiado grande. Espera, abre un poco los brazos, así, deja que te abrace... No, no llores, que me partes el corazón.

—No es tristeza, abuelo, es sólo agua que se desborda.

—Oh, mi vida, mi niño... Anda, no

llores más. Cálmate, vamos a tranqui-
lizarnos. Tenemos que terminarle este mueble a Joseph si queremos comer gratis en su
restaurante. Anda, agarra tu destornillador.

Me limpié la nariz en la manga del
suéter.

Y después, en medio del silencio, justo
cuando me iba a poner a trabajar con la se-
gunda puerta, añadió:

—Una última cosa, y luego ya no te
vuelvo a hablar de esto. Lo que te quería
decir es muy importante... Quería decirte
que si tus padres se pelean, la culpa no es
tuya. Es de ellos, y de nadie más. Tú no
tienes nada que ver con eso, nada en absoluto, ¿me entiendes? Y puedo asegurarte incluso, que aunque fueras el primero de la
clase, aunque sólo sacaras sobresalientes,
aún así, seguirían peleándose. Simplemente,
tendrían que buscar otros pretextos para
hacerlo, nada más.

Yo no contesté. Apliqué la primera capa
de barniz sobre el mueble de Joseph.

7

Cuando llegué a casa, mis padres estaban hojeando unos folletos, calculadora en mano. Si la vida fuera como una viñeta de cómic, habría visto salir humo negro de sus cabezas. Dije «Buenas noches» mientras me dirigía rápidamente hacia mi habitación, pero me lo impidieron.

—Gregorio, ven aquí un momento.

Adiviné por su voz que mi padre no estaba de humor para bromas.

—Siéntate.

Me preguntaba por qué me iban a echar la bronca esta vez.

—Como ya sabes, tu madre y yo hemos decidido mandarte a un colegio interno.

Bajé los ojos. Pensé: «¡Por una vez están los dos de acuerdo en algo! Ya era hora. Qué pena que sea algo tan trágico».

—Me imagino que esta idea no te entusiasma demasiado, pero así son las cosas. Estamos en un callejón sin salida. No pegas ni golpe en el colegio, te han expulsado, nadie quiere admitirte en ningún lado y el colegio del barrio no vale nada. No tenemos muchas opciones. Pero lo que tal vez no sepas es que es muy caro. Tienes que darte cuenta de que para nosotros supone un gran sacrificio económico, un verdadero sacrificio.

Me reí para mis adentros: «¡Oh… no tenían que molestarse! ¡Gracias! Gracias, señores. Son ustedes demasiado buenos. ¿Puedo besarles los pies, señores?».

Mi padre prosiguió:

—¿No quieres saber adónde vas a ir?

—…

—¿No te importa?

—Sí, sí que me importa.

—Pues bien, no tenemos ni idea, mira tú por dónde. Esta historia es un verdadero quebradero de cabeza. Tu madre acaba de pasarse la tarde al teléfono, sin éxito. Hay que encontrar un colegio que quiera admitirte en pleno curso y que…

—Aquí es donde quiero ir —dije, interrumpiéndolo.

—¿Dónde es «aquí»?

—Aquí.

Le tendí el folleto donde se veían unos alumnos trabajando en un taller. Mi madre se colocó los lentes:

—¿Dónde es esto? Treinta millas al norte de Valence. El instituto técnico de Grandchamps. Pero es sólo un instituto, no un colegio.

—No. También es un colegio.

—¿Cómo lo sabes? —me preguntó mi padre.

—Llamé por teléfono.

—¡¿Tú?!

—Pues sí, yo.

—¿Cuándo?

—Justo antes de las vacaciones.

—¡¿Tú?! ¡Llamaste! Pero, ¿por qué?

—Pues nada… sólo para saber.

—¿Y bien?

—Y bien, nada.

—¿Por qué no nos hablaste de ello?

—Porque es imposible.

—¿Por qué es imposible?

—Porque admiten a los alumnos en función de sus notas escolares, ¡y las mías son desastrosas! Son tan malas que incluso el papel donde están escritas ni siquiera vale para encender fuego con él.

Mis padres no hicieron ningún comentario. Mi padre leía el programa de Grandchamps, y mi madre suspiraba.

Al día siguiente fui a clase como todos los días, y al otro, también, y al otro.

Empezaba a comprender la expresión «se quemó un fusible».

De eso se trataba exactamente. Se me

había «fundido un fusible». Algo se había apagado dentro de mí y ya todo me daba igual.

No hacía nada. Ya no tenía ideas. Ni ganas. Nada de nada. Reuní todas mis piezas de Lego en una caja de cartón y se las di a Gabriel, mi primo pequeño. Veía la televisión todo el tiempo. Montones y montones de vídeoclips. Permanecía tumbado en mi cama durante horas. Ya no hacía manualidades. Mis manos colgaban inútilmente a cada lado de mi delgaducho cuerpo. A veces, me daba la impresión de que estaban muertas. Sólo servían para apretar los botones del mando de la televisión o para abrir latas de refresco.

Me sentía inútil, y me estaba convirtiendo en un verdadero idiota. Mi madre tenía razón: dentro de nada podría comer hierba, como un animal.

Ya ni siquiera me apetecía ir a casa de mis abuelos. Eran buena gente, pero no comprendían. Eran demasiado viejos. Además, ¿qué podía entender el Abuelo León de mis problemas? Nada, puesto que él siempre había sido un genio. Él nunca había tenido problemas. En cuanto a mis padres, mejor no hablar… Ya ni siquiera se dirigían la palabra. Unos verdaderos zombis.

Me aguantaba las ganas de sacudirlos con fuerza para que soltaran… ¿el qué? No lo sé.

¿Una palabra, una sonrisa, un gesto? Algo.

Estaba tirado delante del televisor cuando sonó el teléfono.

—¿Qué pasa, Toto, te has olvidado de mí?

—Es que… hoy no tengo muchas ganas de ir a tu casa.

—¿Y eso? ¿Y qué pasa con Joseph? ¡Me prometiste que me ibas a ayudar a entregarle el mueble!

¡Ahí va! Se me había olvidado por completo.

—Voy. ¡Perdóname!

—No pasa nada, Toto, no pasa nada. El mueble no va a salir volando.

Para darnos las gracias, Joseph nos invitó a una buena comilona. Me tomé un *steak tartare* como el Vesubio de grande, con toda clase de guarnición: alcaparras, cebolla, hierbas, especias... Estaba riquísimo. El abuelo me miraba sonriendo.

—Da gusto verte, Toto. Menos mal que el vejestorio de tu abuelo te explota de vez en cuando, así puedes comer hasta hartarte.

—¿Y tú? ¿No comes nada?

—Oh... Yo no tengo mucha hambre, ¿sabes?... Tu abuela me ha vuelto a dar demasiado de desayunar.

Yo sabía que mentía.

Después fuimos a dar una vuelta por la cocina. Yo alucinaba al ver el tamaño de las sartenes y de las cacerolas: enormes. Y luego también había cucharones, cucharas de madera que parecían catapultas, docenas de cuchillos ordenados por tamaño y súper bien afilados.

Joseph exclamó:

—¡Miren! ¡Éste es Titi! Acaba de comenzar. Es un buen chico. Nos vamos a encargar de ponerle un gorro de cocinero y ya lo verán, dentro de unos años, vendrán esos tontos de la guía Michelin a dorarle la píldora, ¡se lo digo yo! ¿No dices nada, Titi?

—Buenas tardes.

Estaba pelando miles y miles de libras de papas. Parecía contento. Sus pies habían desaparecido bajo una montaña de peladuras. Al verlo, pensé: «Él sí que debe de tener dieciséis años…». ¡Qué suerte!

•

Al dejarme en la puerta de casa el abuelo volvió a insistir:

—Bueno, entonces ya sabes lo que tienes que hacer, ¿no?

—Sí, sí.

—No te preocupes ni por las faltas, ni por el estilo, ni por esa letra tan mala que tienes. No te preocupes por nada. Tú di sólo lo que sientes, ¿de acuerdo?

—Sí, sí…

Me puse a ello aquella misma noche. Pienso que sí me importaba mucho cuando hice once borradores. Y eso que mi carta era bastante corta…

La copio aquí:

Señor Director del colegio de Grandchamps:

Me gustaría que me admitiera en su colegio, pero sé que no es posible porque mis notas no son buenas.

He visto en el folleto de su colegio que tienen talleres de mecánica, de ebanistería, aulas de informática, un invernadero y todo eso.

Yo pienso que, en la vida, no cuentan sólo las notas. También cuenta la motivación.

Me gustaría ir a Grandchamps porque creo que es el lugar donde más feliz sería yo.

No soy muy grande, peso 95 libras de esperanza.

   Adiós,
      Gregorio Dubosc

Posdata n° 1: es la primera vez que suplico que me dejen ir al colegio, me pregunto si no estaré un poco chiflado.

•

Posdata nº2: le envío los planos de una máquina para pelar plátanos que hice cuando tenía siete años.

Releí la carta, y me pareció patética, pero ya no tenía valor para volverla a empezar otra vez.

Me imaginaba la cara del director cuando la leyera. Seguro que pensaría: «¿Pero de dónde habrá salido este atrevido?», y luego la arrugaría y la tiraría a la papelera. Ya no tenía muchas ganas de mandarla, pero bueno, se lo había prometido al abuelo y ya no podía echarme atrás.

Mandé la carta al volver del colegio, y al sentarme a merendar volví a leer el folleto y vi entonces que el director era una directora. ¡Pero seré burro!, pensé mordiéndome los labios. ¡Mira que soy burro, mira que soy estúpido!

¿95 libras de esperanza? Ni hablar. Más bien 95 libras de idiotez.

•

Después llegaron las vacaciones de otoño. Me fui a Orleáns, a casa de Fanny, la hermana de mi madre. Jugaba con la computadora de mi tío, no me acostaba nunca antes de las doce, y me levantaba lo más tarde posible. Hasta que mi primito saltaba en mi cama, gritando:

—¡Legos! ¡*Quero* jugar con los Legos! Gregorio, ¿*queres* jugar conmigo con los Legos?

Pasé cuatro días construyendo cosas de Lego: un garaje, un pueblo, un barco… Cada vez que terminaba algo, Gabriel se ponía contentísimo, lo admiraba, y luego, ¡zaca!, lo tiraba al suelo con todas sus fuerzas para romperlo en mil pedazos. La primera vez me sentó como un tiro, pero cuando le oí reír, se me olvidaron las dos horas que acababa de perder. Me encantaba oírle reír. Su risa me volvía a encender el fusible que se me había fundido.

Vino mi madre a buscarme a la estación de tren. Una vez dentro del auto, me dijo:

—Tengo dos noticias que darte, una buena y una mala. ¿Por cuál empiezo?

—Por la buena.

—Ayer llamó la directora de Grandchamps. Está dispuesta a admitirte, pero dice que primero tienes que pasar una especie de examen.

—Puf, pues si a eso lo llamas tú una buena noticia. ¡Un examen! ¿Y qué quieres que haga yo con un examen? ¿Avioncitos de papel? ¿Y la mala noticia, cuál es?

—Tu abuelo está en el hospital.

Estaba seguro. Lo sabía. Lo presentía.

—¿Es grave?

—No se sabe. Perdió el conocimiento, y lo van a tener en observación un tiempo. Está muy débil.

—Quiero verlo.

—No. Ahora, no. Por ahora no lo puede ver nadie. Tiene que recuperar fuerzas a toda costa.

Mi madre lloraba.

8

Me había llevado el libro de gramática para repasar en el tren, pero no lo abrí. Ni siquiera intentaba fingir que repasaba. Era incapaz de colocar un pensamiento detrás de otro. El tren pasaba delante de inmensos cables de electricidad, durante millas y millas, y a cada poste yo susurraba: «Abuelo León… Abuelo León… Abuelo León… Abuelo León… Abuelo León… Abuelo León… Abuelo León… Abuelo León…», y entre los postes, me decía

a mí mismo: «No te mueras. Quédate aquí.
Te necesito. Charlotte también te necesita.
¿Qué sería de ella sin ti? Sería tan desgra-
ciada. ¿Y yo? No te mueras. No tienes derecho
a morirte. Soy demasiado joven. Quiero que
me veas crecer. Quiero que te sientas orgulloso de mí. Mi vida no ha hecho más que
empezar. Te necesito. Y luego, si me caso
algún día, me gustaría que conocieras a mi
mujer y a mis hijos. Quiero que mis hijos
entren a tu taller. Quiero que mis hijos
respiren tu olor. Quiero que...».

Me quedé dormido.

9

En Valence vino un señor a recogerme a la estación. En el trayecto hasta el colegio me enteré de que era el jardinero de Grandchamps, bueno… el «regidor», como él decía.

Me gustaba ir en su camioneta, olía a gasóleo y a hojas secas.

Cené en el comedor con los demás internos. Los chicos eran corpulentos. Fueron amables conmigo, me dijeron un montón de cosas súper útiles sobre el colegio: los mejores escondites para fumar, cómo caerle bien a la señora del comedor para poder repetir plato, el truco para subir al dormitorio de las chicas por la escalera de incendio, las manías de los profesores, y todo eso...

Se reían a voces, eran un poco tontos. Pero era una tontería sana. Cosas de chicos.

Tenían las manos ásperas, con cortes por todas partes, y grasa debajo de las uñas. En un momento dado me preguntaron por qué estaba ahí:

—Porque no me admiten en ningún otro colegio.

Eso les hizo gracia.

—¿En ninguno?

—No. En ninguno.

—¿Ni siquiera en un reformatorio?

—No —contesté—, incluso en el reformatorio les pareció que ejercía una mala influencia sobre los demás.

Uno me dio una palmada en la espalda:

—¡Pues bienvenido al club, amigo!

Luego les conté lo del examen que tenía que pasar a la mañana siguiente.

—¿Y entonces qué haces aquí todavía? ¡Vete a la cama, tienes que estar en forma!

Me costó conciliar el sueño. Tuve un sueño muy raro. Estaba en un parque con el abuelo y él me estaba volviendo loco. Me tiraba de la ropa, diciendo: «¿Dónde está el escondite para fumar? Pregúntales dónde está...».

Durante el desayuno no conseguí comer nada. Tenía un nudo en el estómago. Nunca me había dolido tanto. Respiraba muy despacito, y tenía sudores helados. Tenía a la vez mucho frío y mucho calor.

Me hicieron sentar en un aula de clase muy pequeñita, y me quedé allí solo un buen rato. Creí que se habían olvidado de mí.

Y entonces una señora me dio una especie de cuaderno grande que había que rellenar. Las líneas bailaban ante mis ojos. No comprendía nada de lo que leía. Apoyé los codos en la mesa, y la cabeza en las manos. Para respirar, para calmarme, para no pensar en nada. De repente vi unas letras grabadas en la mesa. Una decía: «me gustan las tetas grandes», y al lado había otra que decía: «Yo prefiero las llaves inglesas». Me hizo gracia, y me puse manos a la obra.

Al principio, las cosas iban bien, pero conforme iba pasando las páginas, cada vez sabía menos respuestas. Estaba empezando a agobiarme. Lo peor era un párrafo de unas cuantas líneas; el enunciado decía así: «Encuentra y corrige los errores que hay en este texto». Era horrible, yo no veía ningún error. Era verdaderamente el chico más tonto del mundo. ¡Estaba lleno de errores, y yo ni siquiera los veía! Tenía un nudo en la garganta, que iba subiendo poco a poco, y empezaba a picarme la nariz. Abrí los ojos de par en par. No iba a llorar. No quería llorar. *No quería*, ¿entienden?

Pero a pesar de todos mis esfuerzos, un lagrimón que no había visto venir resbaló por mi mejilla y cayó sobre el cuaderno… El muy zorro. Apreté los dientes, con mucha fuerza, pero era consciente de que me iba a venir abajo. Que el dique iba a reventar.

Hacía demasiado tiempo que no me permitía llorar y que me negaba a pensar en ciertas cosas... Sin embargo, llega un momento en que toda esa masa de cosas que uno esconde en el fondo de su cerebro, en un rincón perdido, tiene que salir... Sabía que si me echaba a llorar, ya no podría parar, se me iba a venir todo a la cabeza a la vez: Grodudú, Marie, todos esos años de colegio en que yo era siempre el último de la clase. Siempre el retrasado mental de la clase. Mis padres que ya no se querían, todos esos días tristes en casa, y mi abuelo en su habitación de hospital, con esos tubos en la nariz, y perdiendo la vida poco a poco...

Estaba a punto de echarme a llorar, me mordía los labios hasta casi hacerme sangre, cuando de repente oí una voz que decía: «Pero bueno, Toto, ¿qué te pasa? ¿Qué es esto? ¿Quieres parar de llenar el bolígrafo de babas? Te vas a ahogar».

Vaya, encima me estaba volviendo loco... ¡Oía voces! Eh... los de ahí arriba, no se enteran, que yo no soy Juana de Arco. No soy más que un pequeño don nadie que se lanza cuesta abajo sin frenos.

«Oye, quejumbroso, cuando estés dispuesto a dejar de lloriquear, me avisas, para que podamos ponernos a trabajar tú y yo».

¿Pero qué estaba pasando aquí? Miré por todos los rincones del aula, para ver si había cámaras o micrófonos. ¡Pero qué estaba pasando aquí! Había entrado en la cuarta dimensión, ¿o qué?

«Abuelo León, ¿eres tú?».

«¿Y quién quieres que sea, tonto? ¿El Papa?».

«Pero… ¿cómo es posible?».

«¿El qué?».

«Pues… que estés aquí, que me puedas hablar así».

«No digas tonterías, Toto, yo siempre he estado contigo, y lo sabes muy bien. Bueno, basta ya de charlas. Concéntrate un poco. Coge un lápiz y subráyame todas las palabras que llevan acento. A ver, ahora comprueba que lo lleven en la sílaba correcta… Empieza

por las palabras agudas, bien, mira si termi-
nan por vocal, «n», o «s». Muy bien, así, coloca
los acentos que faltan. Ahora las palabras
llanas, ¿cuáles llevan acento? Las que no ter-
minan ni por vocal, ni por «n», ni por «s».
Muy bien, te lo sabes muy bien, así me gusta,
corrige esos acentos mal puestos. Y ahora las
esdrújulas, eso es más fácil, ya sabes que todas
llevan acento. Fíjate bien, cuenta las sílabas.
¿Ves que si pones un poco de atención, todas
estas cosas las sabes? Y a ver estos verbos. Los
derivados de «ver» se escriben con «v», no con
«b», y no quiero ver ni un solo verbo «haber»
sin hache. Así, muy bien, lo estás haciendo
muy bien. Y ahora vuelve un poco para atrás,
he visto unos errores gordísimos en
matemáticas. Se me han puesto los pelos de
punta. Anda, vuelve a hacer esas divisiones.
No, hazla otra vez… ¡Otra vez! Se te olvida
algo. El resto, eso es, muy bien. Y ahora
vamos a la página 4, haz el favor…».

Me sentía como si estuviera durmiendo
despierto, estaba súper concentrado y súper
relajado a la vez. Era como escribir subido

en una nube. Era de verdad una sensación muy rara.

«Bien, Toto, ahora ya te voy a dejar. Te toca escribir la redacción, y en eso sé que eres mucho mejor que yo. Sí, sí. Es verdad. Te voy a dejar, pero cuidado con la ortografía, ¿eh? Haz como antes, recuerda las reglas y aplícalas. Dite a ti mismo que eres el guardián de las palabras. A cada una les pides los documentos antes de dejarlas circular:

«A ver, usted, ¿cuál es su nombre?».

«Palabra aguda, señor».

«¿Y en qué termina?».

«En «n», señor».

«Pues entonces no olvide ponerse el acento en la última sílaba, y ahora, circule».

«¿Entiendes lo que quiero decir?».

—Sí —contesté yo.

—¡No hable en voz alta! —exclamó la señora que vigilaba el examen—. Tiene que permanecer en silencio. ¡No quiero oír ni una mosca!

Repasé bien todo el examen. Cuarenta

veces por lo menos. Y entregué el cuaderno. Una vez en el pasillo, murmuré:

—Abuelo León, ¿sigues ahí?

No hubo respuesta.

En el tren, de vuelta a casa, volví a intentarlo. Pero no, el número que yo solicitaba no correspondía a ningún abonado.

Cuando vi la cara de mis padres, en el andén, supe que había ocurrido algo.

—¿Ha muerto? —pregunté—. Ha muerto, ¿es eso?

—No —contestó mi madre—. Está en coma.

—¿Desde cuándo?

—Desde esta mañana.

—¿Se va a despertar?

Mi padre hizo una mueca, y mi madre se vino abajo, agarrándose a mi hombro.

10

No fui a verlo al hospital. Nadie fue. Estaba prohibido porque nuestro más mínimo microbio podía matarlo.

Pero en cambio sí fui a casa de mi abuela, y me llevé un buen susto al verla. Parecía aún más débil y más frágil que de costumbre. Una ratoncita perdida dentro de una bata azul. Estaba ahí como un tonto, plantado en medio de la cocina, cuando me dijo:

—Ve a trabajar un poco, Gregorio. Pon en marcha las máquinas. Toca las herramientas. Acaricia la madera. Háblales a las cosas, diles que volverá pronto.

Lloraba sin hacer ruido.

Entré en el taller. Me senté. Crucé los brazos sobre el banco de trabajo y me eché a llorar por fin.

Lloré todas las lágrimas que guardaba dentro de mí desde hacía tanto tiempo. ¿Cuánto tiempo permanecí así? ¿Una hora? ¿Dos? ¿Quizá tres?

Cuando me levanté me encontraba un poco mejor, era como si ya no me quedaran lágrimas, ni tristeza. Me soné la nariz con un trapo viejo lleno de pegamento que estaba tirado en el suelo, y fue entonces cuando vi la inscripción que dejé grabada aquel día en la madera: «AYÚDAME»...

11

Me admitieron en Grandchamps.

Me daba igual. Pero me alegraba de poder marcharme, de «cambiar de aires» como había dicho el Abuelo León. Hice la maleta, y no miré atrás al cerrar la puerta de mi habitación. Le dije a mi madre que ingresara el dinero del señor Martineau en mi cuenta de ahorros. No tenía ganas de gastármelo. No tenía ganas de nada, salvo de lo imposible. Y comprendí que, en la vida, no todo se puede comprar.

Mi padre aprovechó uno de sus viajes de trabajo para llevarme a mi nuevo colegio. No nos hablamos mucho durante el trayecto. Sabíamos que nuestros caminos se separaban.

—Me llaman en cuanto haya alguna novedad, ¿eh?

Él asintió con la cabeza, y me abrazó torpemente.

—¿Gregorio?

—Sí.

—No, nada. Intenta ser feliz, te lo mereces. ¿Sabes?, no te lo he dicho nunca, pero pienso que eres un buen chico... Un buen chico de verdad.

Y me dio un abrazo muy fuerte antes de volver a meterse en el auto.

12

No era el mejor de la clase, era incluso uno de los peores; pensándolo bien, hasta diría que era el peor de todos. Sin embargo, los profesores me apreciaban.

Un día, la señora Vernoux, la maestra de lengua, nos entregó los comentarios de texto corregidos. Yo saqué un seis sobre veinte.

—Espero que la máquina para pelar plátanos te saliera un poco mejor... —me dijo con una sonrisa.

Creo que me apreciaban por eso, por la carta que había mandado. Aquí todo el mundo sabía que yo era un desastre, pero que quería salir adelante.

En cambio, en dibujo y en Educación manual técnica, yo era el rey. Sobre todo en lo segundo. Sabía más que el maestro. Cuando los alumnos no conseguían hacer algo, venían a preguntarme a mí primero. Al principio, a Jougleux no le hacía gracia; pero después comenzó a hacerlo él también. Me pedía consejo todo el tiempo. Tiene gracia.

Mi punto flaco era el deporte. Siempre se me ha dado fatal, pero aquí se notaba aún más porque los demás eran buenos, y les gustaba. Yo lo hacía todo mal: es normal, no sé correr, ni saltar, ni tirarme de cabeza, ni coger una pelota, y mucho menos lanzarla... Nada de nada. Cero patatero.

Los otros me tomaban el pelo con cariño, diciendo:

—Eh, Dubosc, ¿cuándo vas a construir una máquina para fabricarte músculos?

O bien:

—¡Eh, chicos, cuidado, que salta Dubosc! Busquen las vendas.

Todas las semanas hablaba por teléfono con mi madre. Lo primero que le preguntaba siempre era si había alguna novedad. Un día, terminó por soltarme:

—Mira, Gregorio, basta ya. No me vuelvas a hacer esa pregunta. Sabes muy bien que si hubiera alguna novedad, te lo diría enseguida. Háblame mejor de ti, de lo que haces, de tus profesores, de tus amigos, todo eso.

No tenía nada que contarle. Hacía un esfuerzo, y luego cortaba la conversación. Todo lo que no tuviera que ver con mi abuelo había dejado de importarme.

13

Estaba bien, pero no era feliz. Me daba tanta rabia no poder hacer nada para ayudar a mi abuelo. Por él, habría podido levantar montañas, cortarme en trocitos y dejarme freír a fuego lento. Habría podido cargarlo en brazos y cruzar el planeta entero apretándolo contra mi corazón, habría soportado cualquier cosa con tal de salvarlo, pero no se podía hacer nada. Sólo esperar.

Era insoportable. Él me había ayudado

cuando yo lo había necesitado de verdad, y yo a él, nada. Nada de nada.

•

Hasta aquella infame clase de Educación física.

Ese día tocaba cuerda de nudos. Horror. Lo intento desde que tenía seis años, pero no hay manera, no lo consigo. Nunca he podido. La cuerda de nudos es mi mayor vergüenza.

Cuando ya me iba a tocar a mí, Momo gritó:

—¡Eh, vengan, Dubosc va a intentar la cuerda de nudos!

Miré a lo alto de la cuerda, y murmuré: «¡Abuelo León, escúchame bien! Lo voy a conseguir. Lo voy a hacer por ti. ¡Por *ti*, me oyes!».

A la altura del tercer nudo, ya no podía más, pero apreté los dientes. Sujeté la cuerda con fuerza con mis bracitos de mantequilla. Cuarto nudo, quinto nudo. Estaba a punto de soltar la cuerda. Era demasiado duro. ¡No, no podía hacerlo, lo había prometido! Solté un gruñido, apretando los pies. Pero ya no podía más. Estaba empezando a soltar la cuerda. Entonces, allí abajo, vi a los chicos de mi clase, reunidos en círculo. Uno gritó:

—¡Venga, Dubosc, aguanta!

Así que volví a intentarlo otra vez. El sudor me nublaba la vista. Me ardían las manos.

—¡Du-bosc! ¡Du-bosc! ¡Du-bosc! —gritaban para darme ánimos.

Séptimo nudo. Iba a tirar la toalla. Sentía que estaba a punto de desmayarme.

Allí abajo, los chicos gritaban a coro para animarme.

Me alentaban, pero no era suficiente.

Sólo quedaban dos nudos. Me escupí sobre una mano, y luego sobre la otra. «¡Abuelo León, estoy aquí, mírame! Te mando mi fuerza. Te mando mi voluntad. Tómalas. ¡Tómalas! Las necesitas. El otro día tú me mandaste tu saber, así que yo ahora te mando todo lo que tengo: mi juventud, mi valor, mi aliento, mis músculos. ¡Tómalos, Abuelo León! Todo... ¡Te lo suplico!».

Empezaba a sangrarme la piel interna de los muslos, ya no sentía las articulaciones. Sólo un nudo más.

—¡Venga! ¡Vengaa! ¡Vengaaaaaa!

Estaban desatados. La que gritaba más fuerte era la profesora. Y grité: «¡¡¡DESPIERTA, ABUELO!!!», y logré alcanzar la parte superior del poste. Los chicos, abajo, se pusieron como locos. Yo lloraba. Lágrimas de alegría y de dolor mezcladas. Me deslicé hacia abajo, medio cayéndome. Momo y Samuel me sostuvieron y me llevaron en volandas.

—Es el número uno. Es el número uno —gritaban todos.

Entonces me desmayé.

A partir de ese día, me convertí en otra persona. Resuelta. Dura. Inflexible. Sentía dentro de mí una fuerza inaudita.

Todas las tardes, después de las clases, en lugar de ir al salón a ver la televisión, caminaba. Recorría los pueblos, los bosques y los campos. Caminaba largo rato. Respiraba hondo y despacio. Siempre con la misma frase resonando en mi cabeza: «Absorbe todo esto, Abuelo León, respira este aire tan bueno. Respira. Siente este olor a tierra y a bruma. Estoy aquí. Soy tus pulmones, tu aliento y tu corazón. Déjame hacer a mí. Toma». Era respiración boca a boca, a distancia.

Me alimentaba bien, dormía mucho, tocaba el tronco de los árboles e iba a acariciar a los caballos del vecino. Deslizaba mi mano entre sus crines, y susurraba otra vez: «Toma. Es bueno para ti».

•

Un día llamó mi madre por teléfono. Cuando vinieron a avisarme, se me cayó el alma a los pies.

—No son buenas noticias, cariño. Los médicos van a abandonar el tratamiento. No está sirviendo de nada.

—¡Pero entonces se va a morir!

De repente, alcé la voz para que todos escucharan:

—¡Por qué no lo desconectan de las máquinas, así terminamos antes!

Y colgué.

•

A partir de ese día, cambié totalmente. Iba todos los días a la sala de juegos a echar partidas de futbolín con los chicos, no estudiaba y ya casi no hablaba. Estaba asqueado de la vida. Para mí, era como si ya hubiera muerto. Cuando mis padres volvieron a llamar, colgué el teléfono.

•

Pero ayer vino a buscarme al cuarto un chico de último curso. Yo dormía a pierna suelta. Me sacudió muy fuerte:

—Oye, despierta…

Yo tenía la boca toda pastosa.

—Pero, ¿qué *pacha*?

—Eh, ¿tú te llamas Toto?

—¿Por qué me lo preguntas?

Me froté los ojos.

—Porque ahí abajo hay un señor mayor en una silla de ruedas, y grita que quiere ver a Toto… ¿No serás tú, por casualidad?

Bajé corriendo los cuatro pisos, en calzoncillos. Lloraba como un niño.

Estaba ahí, delante de la puerta del

88

comedor, y a su lado estaba un señor con una bata blanca. El hombre sostenía el suero, y mi abuelo me sonreía.

Yo lloraba tanto que ni siquiera podía devolverle la sonrisa.

Él me dijo:

—Deberías ponerte pantalones, Toto, te vas a resfriar.

Y entonces sonreí.